Giocatrice sottomessa

Collezione di dominazione erotica

Erika Sanders

Giocatrice sottomessa

Erika Sanders
Serie
Collezione di dominazione erotica

Sinossi

Linda è in una serata tra ragazze.

Ma, uno dopo l'altro, i suoi amici annullano la sua presenza finché non si rende conto che passerà la notte da sola.

Decide di giocare un po 'alle macchine del casinò per vedere se almeno prende dei soldi in questa brutta notte.

Riceve un premio e quando va a scambiarlo con denaro incontra un uomo attraente che le si avvicina ...

Giocatrice sottomessa è un romanzo con un forte contenuto di BDSM erotico e, a sua volta, un nuovo romanzo appartenente alla collezione di Dominazione Erotica, una serie di romanzi con un alto contenuto di BDSM romantico ed erotico.

Nota sull'autrice:

Erika Sanders è una nota scrittrice internazionale che firma i suoi scritti più erotici, lontano dalla sua solita prosa, con il suo nome da nubile.

Indice

GIOCATRICE SOTTOMESSA
ERIKA SANDERS

PRIMA PARTE

CAPITOLO 1

"Va bene Gloria. Ho capito."

Linda si fermò all'ingresso del casinò e guardò tutte le luci lampeggianti.

Avrebbe dovuto trascorrere una serata tra ragazze con i suoi tre migliori amici.

Prima di partire, Julia l'aveva chiamata per dirle che sua figlia era malata di influenza e che non voleva lasciare la sua casa da sola con il marito.

Linda pensava che suo marito non volesse prendersi cura della loro piccola figlia, ma che non sarebbe entrata nel matrimonio contorto della sua migliore amica.

Angie aveva chiamato mentre guidava al casinò.

Stava mormorando qualche scusa per non essere in grado di andarsene, ma dai suoi lamenti, Linda sapeva di essere di nuovo con il suo ragazzo che era tornato in città.

Poi aveva pensato che avrebbe passato una serata divertente con Gloria, ma poi aveva anche annullato.

Non aveva nemmeno ascoltato la sua scusa.

Aveva ancora dei soldi nel portafoglio e decise che avrebbe provato a divertirsi da sola stanotte.

Si avvicinò a una slot machine vuota e ne inserì uno da venti.

Senza pensare, iniziò a premere i pulsanti e quando la macchina iniziò a emettere un segnale acustico, si rese conto di aver vinto una grossa somma di denaro.

Non era il jackpot, ma dopo che il tapping si è concluso, ha realizzato di avere oltre mille crediti.

Linda fece i rapidi calcoli mentali e si rese conto che erano più di duecentocinquanta dollari.

Premette il pulsante di credito e la ricevuta sputò.

Linda stava sorridendo ampiamente.

Non aveva mai vinto niente al casinò ed eccolo qui con quella che considerava una grossa somma di denaro.

Si guardò intorno e cercò di trovare il cassiere.

Era dall'altra parte del casinò e quando è arrivato gli facevano male i piedi.

Aveva comprato questi graziosi tacchi alti per la gita di oggi, ma ora le stavano facendo male alle dita dei piedi.

Si è messo in fila e ha aspettato il suo turno con la cassa.

"Potresti essere sulla linea sbagliata." Linda sussultò quando sentì un respiro caldo all'orecchio.

Si voltò e si trovò faccia a faccia con un uomo più alto di lei e che indossava un tailleur.

"Mi scusi?" Linda aveva adorato la sensazione del suo respiro sul collo e si rese conto che non aveva nemmeno notato l'effetto che aveva su di lei.

Era anche confusa su cosa intendesse per riga sbagliata.

"Sei nella linea Golden Privilege. Vedo che hai vinto duecentocinquanta dollari su una slot machine. Questa linea è per giocatori ad alto rischio."

La faccia di Linda divenne rossa.

Non poteva nemmeno stare nella fila corretta.

Il suo labbro tremò e il piacere che provò vincendo alla slot machine si dissolse lentamente.

"Scusate."

Linda si voltò per lasciare la linea.

Stava diventando nervosa.

"No. Aspetta. Non intendevo turbarti. Ascolta, andremo insieme. Conosco Rachel, che stasera lavora in contanti, non dispiacerà."

Linda si limitò a guardare mentre lo sconosciuto alto la guidava alla cabina appropriata.

Sorrise e si fermò vicino a Linda.

Ha dato il biglietto alla donna e le hanno dato i soldi in banconote da cinquanta e cento dollari.

Si allontanò dal bancone e guardò con stupore mentre l'uomo le porgeva una mazzetta di banconote e in cambio gli dava una piccola quantità di patatine.

Linda sapeva abbastanza sui casinò da sapere che ognuna di quelle fiches valeva una grossa somma di denaro, molto più di quanto potesse immaginare.

"Quindi risparmierai i soldi e te ne andrai?"

Linda batté le palpebre.

Non si rese conto che la stava guardando finché non la prese in giro.

"Oh scusa. Non sono abituato a vedere così tanti soldi. Avrei dovuto passare la notte con alcuni amici, ma tutti hanno annullato."

"Mi chiamo Peter Wilson. Vado al tavolo di blackjack. Puoi unirti a me se vuoi. Sono solo stasera e mi piacerebbe che una bella bionda al mio fianco mi desse fortuna."

Linda arrossì.

Non si è mai considerata bella.

La parola "bello" gli dava molta più sicurezza.

Ci pensò su un momento e pensò che non c'era nulla di male nell'andare con lui.

Era single.

Aveva guadagnato duecentocinquanta dollari, che dovevano essere usati per pagare l'affitto.

"Va bene." Linda alzò la testa e sorrise a Peter.

"Sono contento. Andiamo."

CAPITOLO 2

Peter guidò Linda attraverso il casinò in una delle aree sul retro.

C'era un gran numero di tavoli da gioco e aveva gli occhi su uno specifico.

"Vuoi giocare?"

"Uhm, certo. Ma non ho bisogno di quei token?"

Peter rise.

Era così dolce e carina e pensava che probabilmente non si sarebbe nemmeno reso conto di quanto fosse sexy.

"Puoi usare un po 'del mio."

"Ok grazie"

Arrivarono al tavolo e si sedettero.

La sua gamba sfiorò la sua e lei non la spinse via.

Le porse dei gettoni e lei rimase senza fiato quando vide che ciascuno costava mille dollari.

Consegnò al banco il gettone e fece lo scambio appropriato.

La prima mano è stata dura in quanto non sapeva le parole giuste da dire, sapeva solo che le sue carte dovevano aggiungere fino a 21 e niente di più.

Ha perso la prima mano, così come Peter.

"Mi dispiace tanto Peter."

"Shhhh" Peter mise una mano sulla sua. "Divertiti e basta."

Linda annuì e le successive tre mani vinse e lui perse.

Qualche altra gente si unì al tavolo e quando un cameriere ordinò da bere, ordinò casualmente una Diet Coke.

Ha sentito squillare il cellulare e quando è andato a prenderlo si è accorto che era lì da più di tre ore.

Vide che Gloria stava chiamando e decise di non rispondere.

"Va tutto bene?"

Peter vide che Linda era un po 'sconvolta e non si era nemmeno accorta che il suo viso era rimasto scioccato quando aveva visto l'ID del chiamante.

"Sì, bene. Non mi ero reso conto che fosse così tardi."

"Giocheremo un'altra mano."

Peter ha parlato con il dealer e dopo che entrambi hanno perso l'ultima mano hanno lasciato il tavolo.

Peter le prese la mano con noncuranza.

Normalmente era molto più aggressivo di così, ma qualcosa le diceva che essere più assertivo l'avrebbe spaventata.

Peter la ricondusse alla cassa e sorrise a Rachel mentre trasferiva le fiches sul denaro.

Gli occhi di Linda si spalancarono mentre Rachel contava oltre diecimila dollari.

Piegò le banconote e le mise con cura nel portafoglio.

Peter sorrise, ma non disse niente.

Andarono all'ingresso principale e si fermarono nel grande atrio.

Il casinò era collegato a un hotel e c'era una passerella di vetro che collegava i due.

Gli inverni in città erano freddi ed è stato un male per gli affari far uscire gli ospiti dell'hotel in una tempesta di neve per arrivare al casinò.

"Quindi sarò onesto e lo dirò. Ti trovo molto attraente. Sei carino, bello e intelligente. Mi è piaciuto passare del tempo con te stasera. Normalmente ti inviterei al bar dell'hotel per un drink e spero che dopo qualche drink saresti pronto a sali nella mia suite. Immagino che a quel punto potresti dire di sì. Salterò quel passaggio e ti chiederò se vuoi salire nella mia camera d'albergo. Puoi dire di no, ma qualcosa mi dice che dirai di sì. "

Linda guardò Peter.

Lo aveva appena incontrato poche ore prima, ma sapeva esattamente cosa voleva.

Pensava che fosse stato onesto e le disse che voleva andare nella loro camera d'albergo insieme.

Era alto, bello, ricco, intelligente e si erano divertiti a vicenda mentre giocavano a blackjack.

Era così sicuro di sé, ma era in un certo modo di essere sicuro di sé che era molto attraente per lei.

Il suo ultimo ragazzo era così trasandato che non poteva sopportarlo per più di qualche mese.

I suoi amici le dissero che era esigente, ma che avevano i migliori fidanzati.

Certo, ecco perché era stata abbandonata nel casinò da sola quando doveva essere una serata da ragazze.

"Cosa ti fa pensare che dirò di sì?"

"Immagino che tu sia qui per dimenticare uno stupido ragazzo che ha rotto con te o che alcuni amici ti hanno lasciato per cose più importanti da fare che passare del tempo con il loro amico simbolico." Peter si chinò e le sfiorò la fronte con le labbra. "Solo una notte. Nessuna condizione."

Linda gemette.

Come l'hai conosciuta così bene?

Lei annuì e quando lui le avvolse un braccio intorno alle spalle, lei si sciolse tra le sue braccia.

CAPITOLO 3

Percorsero il breve tratto fino all'albergo e lui si diresse verso gli ascensori.

Invece di usare gli ascensori principali, mise la chiave in una fessura per un ascensore appartato.

Linda si guardò attorno e rimase a bocca aperta.

L'hotel era finemente arredato e il fatto che usasse un ascensore separato lasciava intendere che avesse una delle suite all'ultimo piano.

Entrarono nell'ascensore e lui la baciò per primo.

Fu un bacio duro e si sentì piegare le ginocchia.

L'abbracciò forte e la premette contro il muro.

La sua lingua si mosse contro le sue labbra e quando lei aprì la bocca, la fece scivolare dentro.

Peter adorava la sensazione delle labbra di Linda.

Erano morbidi e bagnati e tutto ciò che sapeva era che la voleva.

Quando le porte dell'ascensore si aprirono, Linda stava ansimando forte e il cazzo di Peter stava premendo a disagio contro i suoi pantaloni.

Fece un passo indietro e odiava la sensazione delle sue labbra che si separavano dalle sue.

L'ascensore si era aperto sulla suite e Linda ansimò.

Aveva il doppio del suo appartamento e si rese conto che era solo il soggiorno.

C'erano due porte su ogni lato e notò una porta sul balcone.

"Avanti."

Peter la guidò dentro e la condusse nella stanza.

Il letto era un King Side e la stanza odorava di lavanda e acqua di colonia maschile.

Non era il normale odore di una stanza d'albergo.

Peter attirò Linda verso di sé e la baciò.

Fu un bacio intenso e cercò di rallentare, ma non ci riuscì.

La appoggiò al letto e iniziò a slacciarle il vestito.

Linda lasciò cadere le braccia lungo i fianchi e lasciò che la spogliasse.

Quando il vestito le scivolò lungo il corpo, le sganciò il reggiseno.

Lo gettò da parte e iniziò ad accarezzarle i capezzoli.

Cadendo in ginocchio, si tirò le mutandine e una volta raggiunte le caviglie, le tolse e le gettò nella stessa direzione del reggiseno.

"Hai un profumo meraviglioso." Peter ha aperto le labbra della figa e le ha leccato la clitoride delicatamente. "E Dio, hai un sapore incredibile."

Peter la spinse sul letto e si tolse la cravatta.

Premette il suo corpo contro il suo e la guidò verso il letto.

Lei lo guardò semplicemente con gli occhi spalancati e quando lui le passò le mani sulla testa e si legò la cravatta di seta attorno ai polsi e alla testiera, ma non disse una parola.

"Sei mia stanotte."

Peter si spogliò rapidamente e si sistemò tra le sue gambe.

Allargò di nuovo le labbra e iniziò a leccarle la figa gocciolante.

Aveva un sapore così buono e ogni volta che lo leccava, si bagnava di più.

Le mise due dita nel buco e la sentì contorcersi.

"Oh Dio Peter. Devo venire."

Linda si stava dimenando ed essere legata al letto era molto eccitante per lei.

"Non verrai finché non lo dirò io."

La sua voce era molto autorevole.

Linda rispose gemendo.

Lei annuì e cercò di trattenersi.

Non si era mai sentita così eccitata e avrebbe voluto pregarlo e chiedergli di farla venire.

Peter non lo ha permesso.

L'ha portata più vicino all'orgasmo e poi si è fermato.

Dopo la terza volta, si stava allacciando la cravatta, ma sapeva che l'aveva allacciata perfettamente.

Abbastanza stretto da non poter staccarsi, ma non abbastanza da interrompere la circolazione sanguigna.

"Ora verrai." Peter sibilò quelle parole e infilò tre dita in profondità nella sua figa.

La combinazione delle sue dita dentro di lei e della sua voce, che le chiedeva di venire, la spinse oltre il limite.

È venuta così forte che è germogliato un po'.

Quando ebbe finito, Peter allungò la mano e sciolse i legami.

La attirò a sé e sorrise quando lei usò il suo petto come cuscino.

"Sei stanco bambino. Vai a dormire."

Peter si passò le dita tra i capelli mentre si addormentava.

CAPITOLO 4

Linda aprì gli occhi e cercò di ricordare dove fosse.

Sentì qualcosa di duro e caldo contro la sua guancia e vide che Peter era inginocchiato vicino alla sua testa.

"Succhialo. Adesso."

La mente di Linda stava correndo.

Ricordava di aver incontrato Peter in fila per la cassa.

Avevano passato la notte a giocare a blackjack insieme ed erano tornati nella loro camera d'albergo.

Il suo cazzo gocciolò di fronte e la guidò alla sua bocca.

Non era legata al letto come prima, ma succhiava avidamente il suo cazzo.

Era schietto con lei, spingendo il suo cazzo in profondità nella sua gola.

Lei soffocò un po 'e lui indietreggiò.

Una mano guidò il suo cazzo dentro e fuori dalla sua bocca calda mentre l'altra gli fece scorrere le dita tra i capelli.

"Chiamami signore. Sei mio finché non ti lascio andare. Ora rendilo più forte."

Linda annuì e si mise in ginocchio.

Era di fronte a lui quando si inginocchiò sul letto e mentre continuava a succhiare il suo membro palpitante, le passò le mani sul culo.

Il primo schiaffo è stato forte e duro.

Linda gemette, ma non osò smettere di succhiare il suo cazzo.

Le accarezzò di nuovo il sedere, e questa volta lo sentì prudere.

Più e più volte la sculacciava e alla quarta sculacciata, lei si era completamente rilassata e stava ingoiando il suo cazzo con facilità.

Gli occhi di Peter stavano roteando indietro nella sua espressione.

Era una brava succhiacazzi.

"Adesso ti scoperò."

Linda annuì e si mosse in modo da potersi sdraiare sul letto.

Si arrampicò in cima e cominciò a far scivolare il suo cazzo dentro di lei.

"Abbiamo bisogno di un preservativo?" Peter fece la domanda con calma.

Sapeva che doveva chiedere e desiderava che avesse la risposta corretta.

"Prendo la pillola."

Linda attese di vedere la sua espressione facciale.

Era questa la risposta corretta per lui?

Voleva accontentarlo molto.

Peter annuì e la spinse sul suo cazzo.

Era spessa e la sua figa si allungava più di quanto non fosse abituata.

La strattonò forte e veloce sul suo cazzo.

"Guidami più forte."

Peter le prese il culo rotondo e la fece saltare sul suo cazzo.

Era così bello che aveva quasi perso il controllo.

Quasi.

"Pizzica i tuoi capezzoli per me. Forte."

Linda annuì e si pizzicò i piccoli capezzoli rosa.

Si ritrasse un po 'per il dolore.

"Più forte."

Peter le lanciò un'occhiataccia e lei era disperata per accontentarlo.

Li pizzicò e li strattonò un po '.

I suoi seni erano piuttosto grandi, ma i suoi capezzoli erano sempre stati sensibili.

"No, così." Peter odiava quanto fosse gentile.

Allungò una mano e le strinse i capezzoli tra il pollice e il medio.

Mise insieme i due e guardò Linda gettare indietro la testa e venire.

Grugnì mentre lei muoveva i fianchi rapidamente contro il suo cazzo e si spinse così profondamente che il suo cazzo toccò l'ingresso del suo grembo.

Continuò a pizzicare e si sentì tornare di nuovo.

La sua figa pulsava e sgorgava tutto allo stesso tempo.

Le lasciò i capezzoli ed entrò in lei.

Ha imprecato ad alta voce quando è arrivato.

Era così potente che sentì il suo cazzo espandersi dentro di lei.

Linda era a malapena consapevole mentre cercava di rimanere seduta.

"Brava ragazza. Sei la mia ragazza. La mia bambina."

Linda riuscì ad annuire solo quando si accasciò su di lui e svenne.

CAPITOLO 5

Linda si svegliò al mattino e si rese conto di essere sola a letto.

Era nuda e tutto il suo corpo era dolorante.

Mentre si sedeva, sentì odore di uova e bacon e si chiese se Peter avesse ordinato la colazione.

Si alzò dal letto e cercò qualcosa da indossare.

La porta del bagno era aperta e appesa a uno dei ganci c'era una veste bianca.

Lo indossò e per fortuna non si guardò allo specchio.

Se lo avesse fatto, avrebbe notato i segni sui polsi della cravatta di seta insieme all'arrossamento dei capezzoli per la torsione.

E il suo culo era una bella tonalità di rosa.

"Buongiorno." Peter era seduto al tavolo della sala da pranzo e faceva colazione.

C'era un altro posto e Linda si sedette e si versò del succo.

"Come hai dormito piccola?" Peter indossava il suo completo da lavoro, ma adorava la bellezza di Linda solo nella sua veste.

"Ho dormito molto bene. Sono comunque un po 'dolorante." La faccia di Linda divenne rossa.

Si vergognava di ammettere che le piaceva la sensazione di essere dolorante.

Voleva di più, ma sapeva che la sera prima era stata una notte di sesso senza impegno.

"Sono contento. Anch'io ho dormito molto bene. Sono sicuro che essere dannatamente insensibile a un petardo biondo ha aiutato le cose."

"Petardo?" Linda non aveva mai sentito quel termine prima, ma era abbastanza comoda da chiedere.

"Sì. Sei bassa, minuta e leggera. Sei facile da trasportare e rimbalzi sul mio cazzo mentre sembri selvaggia e sexy. L'ho adorato."

La faccia di Linda divenne di un'altra tonalità di rosso.

Di solito era calma e romantica durante il sesso e quando il ricordo della notte precedente apparve davanti ai suoi occhi, si rese conto da un lato che non sapeva esistesse.

Linda non ha risposto.

Invece, ha iniziato a fare colazione.

Aveva fame e pensava che tutte le attività extrascolastiche della sera prima avessero bruciato calorie.

"Quindi so di aver anticipato la scorsa notte e so di aver detto che non avevo condizioni sessuali, ma ho cambiato idea. Sono in città per alcuni giorni e mi piacerebbe esplorare questo lato sottomesso di te se mi permetti."

Linda ci pensò su mentre masticava le uova.

Era single da pochi mesi, ma aveva perso l'intensità del sesso.

Non era mai stata così eccitata prima.

Non c'era relazione, solo sesso.

Lei potrebbe farlo.

"Certo. Devo chiamarla signore?" Linda sorrise e quando Peter rise, conosceva la risposta.

"Da soli in camera da letto. O ovunque ci troviamo. Devo andare in ufficio per qualche ora. Torno intorno all'una. Voglio che tu faccia la doccia e sia nudo. Sdraiati sul tavolo della sala da pranzo e aspettami."

Linda annuì.

La baciò sulla guancia prima che lei lasciasse la stanza d'albergo.

Linda non aveva idea di cosa stesse facendo, ma sapeva che le sarebbe piaciuto.

CAPITOLO 6

Come lui chiese, si fece la doccia e mise i suoi capelli biondi in una coda di cavallo.

Era così gentile da avvisarla quando arrivò in albergo e quando entrò nella suite, lei era sdraiata sul tavolo della sala da pranzo.

"Mmm piccola. Strofina la tua figa."

Linda obbedì e guardò Peter avvicinarsi e sedersi a capotavola.

Le gambe erano aperte per lui.

Si leccò le dita, poi le fece scivolare contro il clitoride e cominciò a strofinare.

Sapeva esattamente cosa doveva fare per eccitarsi e stava rapidamente gemendo e ansimando.

"Non venire. Smettila di toccarti."

Linda guardò a occhi spalancati Peter.

Mosse la mano e fece un respiro profondo.

"Voglio venire."

"Vieni solo quando ti lascio. Adesso, succhiami il cazzo."

Peter si alzò e si sbottonò i pantaloni.

La girò in modo che lei fosse sulla schiena con la testa appoggiata al tavolo.

Ha guidato il suo cazzo nella sua bocca e ha spinto.

"Sei una ragazza cattiva. Molto cattiva."

Peter ha schiaffeggiato la sua figa e ha aspettato una reazione.

Lei gemette e lo fece di nuovo.

"Le cattive ragazze vengono punite".

Le fece rotolare i capezzoli tra il pollice e l'indice e lei si fermò.

La sua bocca era stretta intorno al suo cazzo e non aveva smesso di succhiarlo per niente.

Voleva entrare nella sua bocca, quindi spinse un'ultima volta e grugnì.

Linda cercò di indietreggiare, ma non ci riuscì.

Tutto quello che poteva fare era ingoiare il fluido salato caldo che gli inondava la bocca.

Alla fine, quando finì di versarle il seme in bocca, si staccò.

"Sei un bravo succhiacazzi. Penso che meriti di venire."

Gli occhi di Linda stavano supplicando.

Voleva disperatamente strofinare il clitoride.

La ruvidità che Peter ha usato su di lei era così eccitante e sapeva che nel momento in cui le avrebbe toccato il clitoride, sarebbe arrivata.

"Posso correre? Per favore?"

Linda stava implorando mentre sedeva al tavolo della sala da pranzo.

Peter la guardò senza condonare e aspettò.

Amava la sua sottomissione e dalla pozzanghera sotto di lei sapeva che era eccitata.

"Venire."

Peter le afferrò il polso e la condusse nella stanza.

Prima che se ne rendesse conto, fu di nuovo legata al letto, questa volta a faccia in giù.

Allargò le gambe e la schiaffeggiò sulla natica sinistra.

Il colpo echeggiò nella grande sala e lo fece di nuovo.

Linda non osava piangere, seppellì solo la testa nel cuscino e gemette per l'eccitazione.

"La mia cattiva ragazza merita una punizione. Dimmi perché sei una cattiva ragazza."

Linda ascoltava a malapena.

Era alla disperata ricerca di qualcosa che la facesse venire, e più tirava su i legami che tenevano le mani unite, più era frustrata.

"Dimmi perché sei una cattiva ragazza o mi fermerò."

Linda si strappò dal sonno.

"Sono una cattiva ragazza per voler rompere. Sono una cattiva ragazza per non averti ascoltato."

Linda sputò le parole e pregò per lui di toccarla.

Peter sorrise.

L'aveva spinta abbastanza per oggi.

Le ha immerso il cazzo nella figa e l'ha scopata alla pecorina.

Le avvolse le mani attorno alla coda e si tirò indietro.

Si schiantò contro di lei ancora e ancora e la sentì venire due volte di seguito.

Rimase in silenzio mentre affondava la testa nei cuscini.

Alla fine, ha spinto e ci è corso dentro.

"Oh merda, sei sexy." Peter ansimò mentre si slacciava il nodo della cravatta e lo liberava.

Linda poteva solo sorridere.

"Odio che parti domani."

Linda si morse il labbro per nascondere le sue emozioni.

Voleva che questo continuasse per sempre.

SECONDA PARTE

CAPITOLO 7

Linda faceva shopping per i vestiti.

Peter le aveva dato una carta di credito e lei attendeva con impazienza il suo arrivo in città.

Si conoscevano qualche mese fa e ogni volta che era in città, passavano giorni a fare sesso intenso e duro.

Le era piaciuto essere così sottomesso e le ci vollero quasi una settimana per riprendersi dagli intensi orgasmi della prima volta.

Linda indossava un top senza maniche insieme a pantaloncini di jeans.

I suoi capelli biondi erano in una treccia e stava guardando un bellissimo reggiseno e mutandine.

Era di pizzo e aveva la perfetta tonalità di rosa.

Il suo telefono squillò e lei rispose.

"Ciao?"

"Strofina la tua figa per me."

Peter era già stato registrato in albergo.

Aveva preso un volo presto in modo da poter avere un po 'di tempo per giocare con Linda.

Immaginava che stesse facendo la spesa.

"Sono in pubblico Peter."

Linda sperava che nessuno potesse sentire la sua voce al telefono.

"Non mi interessa. Strofina la tua figa."

Linda si mosse in modo che nessuno potesse vedere e iniziò a strofinare le dita contro i suoi pantaloncini di jeans.

"Fai scorrere il dito indice nella tua figa."

Linda fece come le era stato detto.

Era già fradicia e si chiedeva se l'avrebbero sorpresa a farlo.

La commessa era impegnata con un altro cliente e non si accorse che Linda si contorceva contro la griglia di reggiseni costosi.

"Sei vicino ad arrivarci?"

"Uhhhh".

Linda non era in grado di parlare.

Il tono della sua voce era così autorevole e Peter aveva appena iniziato.

"Bene. Adesso smettila di toccarti e trovami nell'atrio dell'hotel."

Peter riattaccò e si sistemò nella sua stanza.

Poteva immaginare Linda al centro commerciale o camminare per strada disperato per venire.

Sapevo che non si sarebbe toccata fino a quando non lo avesse detto.

* * *

Linda imprecò sottovoce e decise di acquistare il reggiseno e le mutandine più costosi del negozio.

Comprò la biancheria intima e si diresse a passo svelto verso un taxi.

Ad ogni modo, si dimenò sul sedile.

Voleva così tanto venire ed era ansiosa di vedere Peter.

Praticamente saltò fuori dalla cabina e corse nella hall dell'hotel.

Si guardò intorno e non riuscì a vederlo.

Il suo telefono squillò e lei rispose.

"Sì?"

"Chiedi alla receptionist la chiave della mia camera."

Linda riattaccò e praticamente corse alla reception.

Ha preso la chiave che gli hanno dato ed è entrato nell'ascensore il più velocemente possibile.

Nel momento in cui si aprirono le porte della suite, corse nel soggiorno.

Peter indossava un pigiama di seta e teneva in mano una lunga sciarpa di seta.

"Fottiti."

Linda corse e cercò di baciarlo.

Le sue mani corsero su tutto il corpo di lei, ma la trascinò via.

"Strofina la mia figa. Mostrami quanto ne hai bisogno."

Linda si tolse i jeans e le mutandine e cadde in ginocchio.

Ha allargato le ginocchia e ha scosso i fianchi mentre le sue dita affondavano in profondità nella sua figa.

Peter alzò lo sguardo e sorrise.

Era così eccitata e lui lo adorava.

"Stop."

Linda alzò lo sguardo.

Voleva disperatamente andare avanti, ma sapeva che doveva obbedire.

"Si signore."

Peter le prese la mano e gliela girò dietro la schiena.

L'afferrò anche l'altra mano.

Le morse il collo così forte che lasciò un segno.

Linda era così eccitata dal suo morso che non si accorse che le sue mani erano già legate.

"Sei la mia puttana stasera. Dillo. Dimmi che sei la mia puttana."

"Sono la tua puttana."

Gli occhi di Linda erano vitrei e tutto quello a cui riusciva a pensare era il suo cazzo.

Le stavano coprendo i pantaloni e lei poteva vedere un cerchio di umidità dov'era la testa del suo membro.

Poteva quasi assaggiare il suo liquido pre-seminale in bocca.

Era così eccitata.

Peter guardò Linda e capì che stasera avrebbe spinto i suoi limiti con lei.

Era qualcosa che aveva sperato di fare da quando l'aveva incontrata al casinò.

CAPITOLO 8

La trascinò per la sciarpa di seta e la spinse a pancia in giù sul letto.

Lo schiaffeggiò sul sedere tre volte più forte del normale finché non vide la sua impronta.

"Sei la mia puttana. Ti farò venire stasera."

Linda non riuscì nemmeno a rispondere.

Le stava massaggiando la clitoride sulle lenzuola morbide, ma non poteva ottenere una pressione adeguata per saziarla.

Era pronta a venire, ma Peter l'ha aggiustato.

Ha affondato quattro dita nella sua figa e ha spinto forte.

Il suo pollice ha trovato il suo clitoride e l'ha massaggiato.

La sua mano era coperta nei suoi succhi e lo adorava.

La sentì venire per la prima volta.

Appena ebbe il tempo di riprendersi quando trovò la sua cervice e iniziò ad accarezzarla.

Ha urlato e ha cercato di scappare.

Era una parte così delicata e volevo urlare e lamentarmi allo stesso tempo.

Avere il dito indice che accarezzava lentamente il cuscinetto sensibile all'interno della sua figa la stava facendo impazzire.

Era di nuovo vicina all'orgasmo, ma il dolore del suo tocco la stava trattenendo.

Peter la sollevò e continuò l'assalto.

La toccò più forte e più veloce.

Quando arrivò di nuovo, sentì un flusso di succhi caldi nel palmo della sua mano.

Allungò una mano e le afferrò la gola.

Si stava trasformando in un disastro e lui lo adorava.

Le tolse la mano dalla figa e si abbassò i pantaloni.

Ha spinto il suo cazzo dentro di lei e ha iniziato a scoparla.

"Sei la mia puttana. Adoro la tua figa stretta e bagnata. Ti inonderò la figa con il mio sperma."

Peter la lanciò avanti e indietro per la cravatta di seta e quando arrivò gridò.

Era così bello entrare dentro di lei.

Si rese conto che di solito poteva durare più a lungo, ma con Linda era diverso.

Solo pensare a lei lo eccitava.

Vederla gli fece pulsare il cazzo e quando la toccò era vicino all'orgasmo.

"Dio, mi piace scoparti. Non ho una riunione fino a domani mattina. Quindi sarai il mio piccolo giocattolo fino ad allora."

FINE

VESTITA PER L'OCCASIONE

Il silenzio della notte la circondava, la opprimeva con la sua serenità, cercando di calmare la sua ansia.

Ciò però non riuscì a calmarla.

Sensazioni sfrenate a cui non era abituata e che non aveva mai provato prima , si riversarono nel suo corpo, rendendola nervosa.

I suoi tacchi ticchettavano dolcemente lungo il sentiero lastricato mentre alzava lo sguardo al cielo.

Perché ci vai stasera?

Perché si era vestita in quel modo?

Poteva sentire il potere che il suo sguardo aveva su di lei.

Sospirò e permise alla sua mente di smettere di pensare agli eventi che sarebbero potuti accadere stasera.

***

Sembrava che tutti gli occhi fossero puntati su di lei mentre entrava nei locali.

I suoi tacchi a spillo tintinnarono contro il pavimento di legno mentre attraversava la pista da ballo e si avvicinava al bar.

La gonna del suo vestito rosso e nero ondeggiava da un lato all'altro ad ogni passo, la striscia rossa scorreva contro il suo ginocchio mentre quella nera rimaneva qualche centimetro sopra di essa.

La camicetta le scendeva liberamente dalle spalle, lungo il seno, rimbalzando quel tanto che bastava per attirare l'attenzione ad ogni passo che faceva e mostrando una generosa quantità di pelle.

E senza reggiseno.

Sapeva come appariva con questo vestito.

Sembrava una troia.

Aveva completato il look con un girocollo di pizzo nero attorno al collo e solo un tocco di rossetto rosso.

Si sedette tra un uomo e una donna e sorrise al cameriere.

"Ciao Giacomo."

"Samy. È bello rivederti." Lasciò che i suoi occhi scivolassero lentamente sul suo viso e sul suo seno. "Molto bene, infatti. E per chi è l'occasione?"

Lei scosse la testa e sorrise, facendole cadere una ciocca di riccioli sull'orecchio.

"Non c'è alcuna occasione. Avevo semplicemente voglia di vestirmi così."

Allungò la mano oltre il bancone e le mise il ricciolo dietro l'orecchio.

Le sue dita le sfiorarono il lato della guancia e lei quasi dimenticò come respirare.

"Dovresti vestirti così più spesso."

"Forse lo farò."

"Stasera finirò dal lavoro verso le undici. Ti piacerebbe ballare dopo?"

Lei annuì lentamente, incapace di distogliere lo sguardo dal suo.

Con molta lenta precisione, si sporse oltre il bancone e avvicinò le labbra alle sue, approfondendo il bacio quanto bastava per farle desiderare di più prima di allontanarsi.

"Circa venti minuti."

***

Quei venti minuti non erano mai sembrati più lunghi nella vita di Samy.

Osservava continuamente tutto ciò che la circondava, consapevole di ogni movimento che lui faceva senza nemmeno guardarlo.

Era come se i suoi sensi fossero in sintonia con il suo corpo, ma sussultò comunque quando lui la toccò sulla spalla.

Aveva sbottonato il colletto della camicia nera e le sorrideva tendendole la mano.

"Penso che mi devi un ballo."

Quando mise la mano nella sua, fu come se una piccola scossa elettrica le attraversasse il corpo.

Lui sorrise mentre la conduceva in un angolo della pista da ballo e poi la avvicinava a sé mentre la canzone cambiava.

Era lento e seducente, e il suo battito sembrava corrispondere al cuore di lei mentre si premeva contro di lui.

E proprio in quel momento era profondamente consapevole dei contorni duri che ondeggiavano contro il suo corpo morbido.

Lei fece scivolare le braccia attorno a lui, premendo le mani sulle sue morbide curve posteriori mentre ondeggiavano avanti e indietro.

Si chinò e premette le labbra contro le sue, aprendole delicatamente e seducendola con la lingua.

La sua mano scivolò più in basso sulla sua schiena, appoggiandosi sul suo fianco, scivolando abbastanza in basso da accarezzarle una guancia del sedere mentre tirava la parte inferiore del suo corpo contro il suo.

Lei sussultò quando sentì con quanta forza lui premeva contro di lei e avrebbe potuto giurare di averlo sentito gemere.

Ma proprio mentre lo faceva, l'altro cameriere lo chiamò e lui sospirò, chinando la testa all'indietro.

"Samy... torno subito. Lo giuro. Non andare da nessuna parte."

Lei annuì in modo un po' stupido mentre si allontanava dalla pista da ballo ed entrava in un separé appartato.

Osservò James tornare nel bar e chinarsi di nuovo su di lui, parlando con Joseph.

Joseph era il barista sostituto per la notte.

È sempre subentrato quando James è andato in pensione.

Quando vide una bionda alta e con le gambe lunghe unirsi a loro, capì una cosa.

Non era quel tipo di ragazza.

Non avevo idea di cosa stavo facendo.

James era il tipo di uomo che aveva sempre una ragazza a disposizione, qualsiasi ragazza alta, bionda e super sexy.

Ed era bassa, bruna e latina.

Se n'è andata correndo.

Il più velocemente e silenziosamente possibile.

Si diresse verso la porta e quando si guardò alle spalle vide la bionda avvicinarsi a James e far scorrere le dita lungo il suo braccio.

Sospirò e scosse la testa mentre proseguiva per la sua strada.

Non sarebbe bello fermarsi a pensarci.

I piedi cominciavano a farle male a causa dei talloni, così se li tolse e si allontanò dal sentiero di ciottoli, lasciando che i suoi piedi la guidassero fino al bordo del fiume che conosceva così bene.

Mise i piedi sulla riva del fiume e guardò a lungo l'acqua.

"Cosa stavo pensando?" Alla fine mormorò.

"Questo è quello che mi piacerebbe sapere."

Quasi urlò quando si voltò.

James era in piedi dietro di lei, con le braccia incrociate rabbiosamente e accigliato.

Ma il cipiglio venne lentamente sostituito da uno sguardo di confusione e preoccupazione.

"Samy, stai piangendo. Cosa c'è che non va?"

Distolse lo sguardo da lui e attraversò il fiume fino all'altra sponda erbosa.

"Non avrei dovuto farlo. Non sarei dovuto venire al bar stasera vestito così. Non avrei dovuto pensare di avere una possibilità."

"Samy, di che diavolo stai parlando?"

Lui si avvicinò e le posò la mano sulla spalla.

Tremava, aveva freddo.

Si tolse in fretta il cappotto e glielo mise sulle spalle, spostandosi dietro di lei per accarezzarle le braccia.

"Eri bellissima lì dentro. Credo di aver dimenticato come dovevo respirare quando sei entrata."

"Ho visto le donne con cui sei abituato. Non sono come loro, James. Non sono elegante o super sexy. Non sono bionda, né alta, né con le gambe lunghe, né ho un corpo perfetto come loro. Non ho soluzione . " Contro questo. Non sapevo nemmeno cosa stavo facendo." Concluse in un sussurro.

"Davvero? Avresti potuto ingannarmi lì dentro."

La voltò verso di sé e si sporse in avanti, premendole le labbra sul collo.

Lei rabbrividì.

"Il tuo corpo sembrava perfetto quando mi hai premuto contro di te su quella pista da ballo."

Lui allungò una mano e le afferrò il seno, tracciando il contorno del capezzolo attraverso la camicetta.

La fece rabbrividire un po'.

"Sembravano sicuramente sapere cosa volevano fare quando ci baciavamo e ci stringevamo insieme."

Si chinò su di lei e la costrinse ad abbassarsi finché non si trovò distesa sul pavimento.

"Lascia che te lo mostri, Samy. Lascia che ti mostri che sei più di quanto pensi."

Le sue labbra scivolarono contro le sue prima di scivolare lungo il collo e sopra la camicetta sottile che le copriva il seno.

Il respiro le si fermò in gola quando le sue labbra trovarono prima un capezzolo e poi l'altro, succhiandoli lentamente mentre lei si inarcava al suo tocco.

Le sue dita trovarono abilmente l'orlo della sua maglietta e iniziarono lentamente a tirarla su, stuzzicandole la pelle non appena si rivelò.

Glielo sollevò oltre i seni e lo tenne appena sopra mentre le baciava il seno destro, assaporando la sua pelle.

Gemette quando James finalmente portò le labbra sulla cresta del suo seno, prendendo il capezzolo tra i denti e tirandolo delicatamente prima di succhiarlo.

Lei gemette ancora più forte quando la mano di lui cominciò a massaggiarle l'altro seno, facendo scorrere ripetutamente il palmo sul capezzolo.

"Vedi?" Respirò contro la sua pelle. "Sei la donna perfetta".

Cominciò a baciarla mentre scendeva, tracciandole dei cerchi attorno all'ombelico con la lingua.

James le sorrise mentre prendeva la sua gonna e invece di abbassarla, la tirò su.

Il davanti si piegò all'indietro e un attimo dopo lui stava posando baci morbidi e giocosi lungo il suo monticello caldo sopra le mutandine.

Era già bagnata.

Poteva sentirlo attraverso le mutandine mentre le strofinava il naso contro.

Lei tremò sotto di lui e lui le accarezzò dolcemente le dita su e giù mentre usava i denti per farle scivolare giù le mutandine.

La baciò di nuovo, senza alcuna barriera tra le sue labbra e la sua figa.

Iniziò a far scorrere la lingua lungo la sua fessura e lei gemette, i fianchi inarcandosi selvaggiamente così che lui premette la lingua in profondità dentro di lei, tracciandola sul suo clitoride.

Samy gemette e si inarcò contro la lingua, il piacere la percorse mentre le sfiorava il clitoride con i denti e le faceva scivolare un dito dentro.

"Ho mentito," sussurrò contro il suo clitoride. "Non ho semplicemente dimenticato come respirare."

James le succhiò delicatamente il clitoride, spingendo il dito dentro e fuori dalla sua tensione.

"Mi sono quasi venuto nei pantaloni solo guardandoti prima."

Le sue dita gli afferrarono i capelli, e lui sorrise contro la sua figa mentre faceva scivolare un secondo dito dentro di lei, facendo scorrere ripetutamente la lingua sul suo clitoride finché il suo corpo tremò sotto la sua bocca.

Le sue dita la accarezzarono, dentro e fuori, eccitandola, costringendo il suo corpo a rispondere finché non si dondolò contro la sua mano e la sua lingua.

"James," la sua voce quasi vacillò mentre si dimenava nella sua mano. "Per favore, non fermarti adesso!"

Le sue parole uscirono con un tono dolce e consapevole, ma aumentarono rapidamente di volume mentre lei urlava di piacere.

Lui le stava mordendo dolcemente il clitoride e ora lo stava succhiando forte, le sue dita spingevano forte dentro di lei raggiungendo l'orgasmo.

Lui leccò avidamente i suoi succhi e quando il tremore del suo corpo rallentò,

Quando ebbe finito, si spostò sopra di lei.

Lui sorrise e appoggiò la fronte contro quella di lei, lasciando che il suo corpo sfiorasse il suo mentre la guardava negli occhi.

"Te l'ho detto, sei una donna tanto quanto loro, se non di più."

I suoi occhi lampeggiarono con qualcosa che avrebbe potuto essere un dubbio mentre guardava negli occhi di James, ma poi lasciò che le sue dita scorressero sul suo petto e giù fino al duro rigonfiamento nei suoi pantaloni.

"È per questo che hai così difficoltà?

Perché sono una donna come loro?"

Le sue dita sfiorarono su e giù il suo cazzo, e lui non poté trattenere il gemito che gli sfuggì dalle labbra.

Tuttavia, non ebbe alcuna possibilità di rispondere poiché le sue labbra trovarono le sue e ogni pensiero fu cancellato dalla sua mente.

Le sue dita scivolarono sul suo petto e cominciò abilmente a sbottonargli la camicia.

Glielo tirò fuori velocemente dai pantaloni e lo spinse di lato mentre gli toglieva completamente la maglietta.

Il bottone dei pantaloni si aprì e la cerniera scivolò quasi da sola.

Lei gli abbassò i pantaloni e i boxer quanto bastava per liberargli il cazzo e gli avvolse la piccola mano attorno, accarezzandolo lentamente così che lui gemette e si premette avidamente contro la sua mano.

Lui gemette irritato e si alzò, togliendosi i pantaloni e i boxer con un solo movimento e voltandosi verso di lei.

Adesso era in ginocchio e gli sorrise mentre gli avvolgeva ancora una volta la mano.

Si chinò su di lei, dandole lente carezze, chiudendo gli occhi.

Il momento successivo, tuttavia, lui le allargò mentre le labbra di lei si avvolgevano intorno al suo cazzo, muovendole lentamente su e giù per il suo membro duro.

Adesso le mise le mani dietro la testa e cominciò lentamente a spingerla dentro e fuori dalla bocca, gemendo mentre lei lo succhiava ad ogni movimento.

Non ci volle molto perché i colpi delicati diventassero rapidi e brevi, Samy lo succhiava più forte quanto più velocemente muoveva la testa.

La sua mano gli accarezzava le palle, facendole rotolare avanti e indietro mentre la sua bocca si stringeva intorno a lui.

Mentre giocava con la lingua sulla punta del suo cazzo, lui le è esploso in bocca.

Lei deglutì velocemente mentre lui le mandava il suo sperma dentro, premendo la bocca e la gola contro il suo cazzo facendolo venire ancora più forte e con più schizzi, finché finalmente si esaurì.

Fece scivolare lentamente il cazzo fuori dalla bocca e lasciò cadere lo sguardo sul pavimento.

Lui cadde in ginocchio davanti a lei, posandole una mano sulla guancia.

Erano solo a un passo di distanza quando il dito di James tracciò il lato del suo viso, immergendo il dito sotto il suo mento e sollevando gli occhi di lei verso i suoi.

"Non abbiamo ancora finito."

La sua voce era così bassa che le fece venire i brividi lungo la schiena mentre lo fissava meravigliata.

Lui si avvicinò e premette le labbra contro di lei, approfondendo rapidamente il bacio.

Mentre la sua lingua scivolava oltre le sue labbra, una mano scivolò dietro di lei, attirandola contro di sé così che fossero carne a carne.

I suoi capezzoli premevano beatamente contro il suo petto, e la sua nuova erezione premeva forte contro i suoi addominali inferiori.

Lei si mosse e strofinò lentamente il suo corpo lungo quello di lui, facendolo gemere mentre il loro bacio diventava febbrile.

La fece sdraiare e le fece scivolare la gonna sulle gambe.

La guardò a lungo prima di muoversi.

Si chinò di nuovo su di lei e le posò un leggero bacio sulla pancia, appena sopra l'ombelico.

Lui sorrise contro la sua pelle calda e cominciò a baciarla verso l'alto, invertendo le sue azioni precedenti.

Le sue labbra sfiorarono appena il suo seno prima di posarsi sul suo collo e accarezzarle il battito del cuore.

Lui pulsava tra le sue gambe, il suo membro premeva contro la sua fessura bagnata mentre lei gli avvolgeva le gambe intorno alla vita e lui faceva scivolare le braccia attorno a lei.

Con un movimento rapido, James si sedette con lei in grembo e, se ciò fosse possibile, premette il suo cazzo ancora di più dentro di lei.

Lei si dimenò un po' e lui gemette.

La baciò finché non arrivò appena sotto l'orecchio e le tirò delicatamente il lobo.

"Dimmi, Samy, lo vuoi?"

Il suo respiro era caldo contro la sua pelle e lei rabbrividì.

"Vuoi che il mio grosso cazzo duro sia sepolto dentro di te?"

La risposta di Samy suonò quasi come un gemito mentre si strofinava contro di lui.

"Sì. Per favore, James, lo desidero da quando..." ma si fermò subito, con il rossore ancora sulle guance, e distolse lo sguardo.

James non ne aveva idea.

Lui costrinse il suo sguardo a tornare su di lei e appoggiò la sua erezione contro di lei.

"Finisci quello che stavi dicendo."

Lei gemette e le sue unghie affondarono leggermente nella sua pelle.

"Lo desidero da quando ti ho incontrato."

"Allora dimmi quanto lo desideri."

Non era una richiesta, più una richiesta mentre lui faceva scivolare le dita sul suo seno, massaggiando lentamente la sua carne.

Poteva sentire il suo calore irradiarsi contro il suo cazzo, e stava facendo tutto il possibile per buttarlo fuori e prenderlo.

La sua risposta lo sorprese e mandò in frantumi tutto l'autocontrollo che aveva usato.

"Non lo voglio. Ne ho bisogno, James."

I suoi occhi erano fissi nei suoi adesso, e lui gemette dolcemente contro la sua pelle mentre lei si stringeva più forte.

"Ne ho così tanto bisogno, lo sogno da così tanto tempo. Per favore. Ho bisogno che tu mi scopi."

Non potevo più negarglielo.

Dopo di ciò non poté più trattenersi.

La sollevò finché la punta del suo cazzo non fu premuta contro la sua apertura e poi velocemente la lasciò cadere su di lei.

Entrambi gemettero.

La sua figa era così stretta attorno al suo cazzo che quando cominciò a muoverla su e giù sul suo membro, la sua lunghezza dura sembrò ancora più grande racchiusa dentro di lei.

Lei gemette e usando le gambe come leva cominciò a rimbalzare sul suo cazzo.

I suoi seni rimbalzavano liberamente contro di lui e i suoi capezzoli lo chiamavano mentre lui si chinava in avanti e cominciava a succhiare.

Lei gemette e cominciò a rimbalzare più velocemente sul suo cazzo, spingendosi ancora e ancora.

Le sue labbra le stuzzicavano i capezzoli, attirandoli e succhiandoli, poi facendo scorrere la lingua su di essi e mordicchiandoli mentre lei dondolava con i suoi rimbalzi, gemendo contro la sua pelle, inviando vibrazioni attraverso i suoi morsi.

La sua figa era così bagnata che l'umidità gli scorreva lungo il cazzo, e lui gemette quando lei strinse intenzionalmente la fessura attorno a lui, facendogli resistere di più.

Li inclinò entrambi in modo che lei fosse di nuovo supina sull'erba e cominciò a martellare forte il suo cazzo dentro e fuori di lei.

Samy gemette ancora più forte, le sue unghie la graffiarono sulla schiena mentre un'altra forte spinta la riportò al suo climax.

Lo spasmo stretto attorno al suo cazzo fece rapidamente venire anche James e lui la sbatté dentro ancora più velocemente, grugnendo mentre il suo sperma caldo la riempiva fino a riversarsi lungo le sue cosce.

Cadde di lato, ansimando.

Poi la attirò a sé, posandole teneri baci su un lato del viso.

"Ora, passeranno altri cinque anni prima che tu abbia il coraggio di farlo di nuovo?"

Lui sorrise e le baciò l'angolo delle labbra.

"Non mai, James."

Samy sorrise e sfiorò le labbra con le sue.

"Bene, perché non credo di riuscire a tenerti le mani lontano per più di un giorno o due."

La risata di Samy echeggiò attraverso il lago, e James sorrise mentre si sedeva e la baciava profondamente.

Questo potrebbe sicuramente essere l'inizio di qualcosa di molto interessante.

RICEZIONE INASPETTATA

Glenn torna a casa dopo una dura giornata di lavoro e lascia la valigetta e il cappotto vicino alla porta.

Trova la casa insolitamente silenziosa ma non ci presta molta attenzione e si dirige in camera da letto.

Mentre sale le scale, sente il meraviglioso aroma del profumo della sua amata moglie Susan.

Quando raggiunge il pianerottolo, sente i deboli suoni della musica che fuoriescono debolmente attraverso la porta della sua stanza.

Facendo attenzione a non fare rumore, apre lentamente la porta.

"Susan?" Dice con una voce maschile piuttosto profonda.

Mentre la porta si apre sempre di più, la vista del suo corpo nudo disteso sul letto lo fa rabbrividire.

"Sì piccola." dice con voce sensuale.

Comincia a camminare verso il letto, ma lei gli dice di fermarsi.

Perplesso, fa come gli è stato detto, sapendo che lei ha qualcosa in mente.

Si alza dal letto.

Il suo corpo si muove con grande grazia.

Non può fare a meno di fissarsi sul suo delizioso seno che si muove leggermente mentre lei cammina verso di lui.

Sente il suo cazzo indurirsi mentre i suoi pensieri lo attraversano
"È così bella".

Allunga le mani e gli slaccia la cintura.

Anche i pantaloni, li sbottona e li abbassa.

Questo lo fa tremare dall'eccitazione.

Poiché lo vede così eccitato, sorride e gli abbassa i boxer con un bisogno affamato di succhiargli il membro duro.

Mette dolcemente le mani sul suo cazzo ormai eretto, accarezzandolo lentamente.

Quindi tira fuori la lingua e lecca la testa prima di metterla in bocca.

Lui geme mentre lei inizia a succhiargli il cazzo duro.

Muovendolo dentro e fuori dalla bocca sempre più velocemente.

Poi ritorna lentamente a un ritmo basso e fa roteare la lingua intorno alla testa mentre la accarezza con la mano.

Lui geme mentre la sua mano accarezza la punta rosa del suo cazzo.

Poi gli lecca le palle fino alla punta del cazzo.

Lo toglie dalla bocca e si alza per baciarlo appassionatamente mentre gli toglie la maglietta.

Lui la avvolge tra le sue braccia calde, avvicinandola a sé, sentendo il suo seno premuto contro il suo petto.

Mentre si baciano, le sue mani corrono lungo il suo corpo, sentendo la sua pelle morbida sotto la punta delle dita.

Le sue mani si muovono sul suo culo e lo stringe forte.

La solleva per il sedere avvolgendole le gambe attorno alla vita e si avvia verso il letto.

La fa sdraiare delicatamente e si mette sopra di lei.

La bacia profondamente scendendo fino al collo e al petto.

Le lecca lentamente il seno destro avvicinandosi al capezzolo ormai eretto.

Si mette il capezzolo in bocca e lo succhia, mordendolo delicatamente.

Passando all'altro seno, si abbassa e inizia a strofinarle il clitoride, facendole aumentare il respiro e iniziare a gemere leggermente.

Si strofina più velocemente mentre le bacia lo stomaco concentrandosi sull'ombelico.

Si sente bagnata e il suo respiro accelera.

Bacia il suo grazioso monticello e poi sostituisce le dita con la lingua.

Succhia e morde delicatamente il suo clitoride.

Questo la manda su un'ondata di piacere, gemendo.

Poi inserisce un dito che scorre oltre le labbra gonfie della sua figa e in quel punto segreto e scivoloso.

Lui fa scivolare il dito dentro e fuori lentamente e poi ne inserisce rapidamente un altro mentre lei geme.

Lui continua a concentrarsi nel succhiarle il clitoride mentre le sue dita colpiscono preziosamente quel posto speciale dentro di lei che sa la fa assolutamente impazzire.

Geme forte e avverte una sensazione di formicolio dalla gamba destra verso l'alto, attorno al corpo e verso la gamba sinistra.

"Oh tesoro!" geme: "È così bello!"

Glenn sa che se continua così, lei andrà sicuramente oltre il limite, quindi rallenta e la bacia di nuovo per divorarle la bocca.

Condividono un bacio appassionato.

Le loro lingue danzano insieme.

Togliendo le dita dalla sua figa ormai bagnata, comincia a massaggiarle il seno destro.

I suoi gemiti soffocati dai baci.

Il bacio si interrompe e lei gli sussurra all'orecchio:

"Ho bisogno di te dentro di me, tesoro."

La menzione del suo cazzo duro che scivola nella figa bagnata della sua amante lo fa grugnire di lussuria e si muove sopra di lei.

Allargandole le gambe con i fianchi, si posiziona per penetrarla.

Giocando, inserisce solo la testa e poi la ritira lentamente.

"Per favore, dammi tutto." Lei lo supplica, ma lui prevale e tiene il passo del gioco, inserendo solo la punta e ritirandola quando lei inizia a gemere.

Alla fine, ad un punto inaspettato, spinge fino in fondo il suo membro duro per farla urlare.

Comincia a spingersi dentro e fuori da lei lentamente con colpi lunghi e duri.

Comincia ad accarezzarle più forte e più velocemente, tirandole il culo per una penetrazione più profonda.

"Oh Dio, ti senti così bene dentro di me. Ti amo così tanto quando mi scopi la figa."

A questo punto ringhia e si ritira all'improvviso.

Le fa cenno di girarsi e lei lo fa velocemente con un sussulto di eccitazione.

Sa che penetrarla da dietro è una delle sue posizioni preferite e anche lui adora darglielo in quel modo.

Lui inserisce il suo cazzo dentro di lei e inizia a spingerlo forte e veloce.

Lei geme forte, dicendogli più forte.

Adora scopare la sua adorabile moglie, quindi inizia a fare il duro con lei.

Il suo corpo e le sue palle schiaffeggiano il suo culo ormai rosso.

Lei inizia a respingere le sue spinte, facendo sì che il suo cazzo entri ancora più in profondità.

Entrambi gemono di piacere.

"Oh, sto per venire, tesoro. Sei pronta per la mia sborra?"

"Oh sì, tesoro, sto per venire anch'io."

Ancora qualche carezza e Susan urla di piacere e il suo corpo inizia a tremare mentre l'orgasmo la travolge.

Glenn sente le pareti della sua figa iniziare a mungere il suo cazzo e non ce la fa più.

Ringhiando il suo nome, lui spara il suo sperma caldo in profondità nella sua figa cremosa e bagnata.

Susan, esausta per l'esplosione, si appoggia sui gomiti mentre sente che lui le spara dentro qualche altro spruzzo di sperma.

Soddisfatto, e cercando di non caderle addosso, si allontana lentamente dalla sua figa e l'afferra per la vita, trascinandola con sé sul letto.

Si guardano negli occhi, entrambi offuscati dai potenti orgasmi che avevano appena attraversato i loro corpi pochi secondi prima .

Una soddisfazione di conoscenza reciproca aleggia nella stanza mentre i due si addormentano l'uno nelle braccia dell'altro.

INSODDISFATTA

È una bella mattinata.

Devo andare al lavoro, ma non ho voglia di alzarmi.

Sdraiato qui, penso di amarti.

Vedo i tuoi occhi che mi guardano, che mi sorridono.

Sento già il calore accumularsi nel mio inguine.

Faccio scorrere delicatamente la mano sul mio seno come se i tuoi occhi lo seguissero.

I miei capezzoli rispondono immediatamente, indurendosi.

Sollevo il seno per succhiare delicatamente un capezzolo in bocca.

Sento le tue labbra chiudersi attorno all'altro capezzolo e un gemito profondo sfugge dalle mie labbra.

Sento il succo mentre comincia a scivolare giù dall'interno della mia figa.

Muovo le mani attorno allo stomaco e poi giù verso l'addome, immaginando le tue mani che mi toccano.

Faccio scorrere lentamente il dito medio nell'umidità e nel calore.

Stringo il dito come se il tuo cazzo fosse sepolto nel profondo di me.

Facendo scorrere il dito dentro e fuori, i miei fianchi iniziano a muoversi con un movimento circolare.

Sento il mio dito desiderare di più della sensazione che si sta creando.

Il palmo della mia mano ha raccolto il succo che ora esce dalla mia figa.

Lecco il dolce sapore del mio palmo e faccio scivolare il mio lungo dito in bocca immaginando che sia il tuo delizioso cazzo.

Circondo lentamente la punta del mio dito con la lingua come se fosse la punta del tuo cazzo.

Muovo la lingua lungo il dito, facendolo roteare per catturare ogni pezzettino di succo.

Chiudo forte le labbra attorno alla base del dito, faccio scorrere la bocca fino alla punta e inizio a lavorare la lingua attorno alla parte superiore del dito.

Cosa immagini che il tuo cazzo sia sepolto nella mia bocca?

Guardo la mia testa muoversi su e giù, succhiandoti profondamente nella mia gola mentre i muscoli della bocca lavorano.

Ti sto succhiando il cazzo e puoi sentire la mia lingua e la mia bocca che ti succhiano proprio come mi sento come se tu mi avessi succhiato i capezzoli.

La mia lingua si muove ovunque , le mie labbra bagnate si muovono costantemente con il bisogno di succhiarti più forte, più velocemente e più in profondità.

Sono molto emozionato all'idea di sentirti sepolto in me.

Prendo il dito e lo infilo di nuovo nella figa, assicurandomi che sia bagnato.

Tiro fuori il dito, lo strofino su tutta la fessura e lo immergo di nuovo per più umidità.

Questa volta mi strofino anche il mio stretto buco posteriore.

Faccio scorrere lentamente un dito all'interno e l'orgasmo è immediato.

Mi piacerebbe che tu mi scopassi con le tue dita e il tuo cazzo allo stesso tempo.

Adoro l'idea di essere riempito da te.

Rotolo sulla pancia e inizio a lavorare il clitoride con entrambe le mani.

Avvicinando le mani allo stomaco, premendo con fermezza sul mio dolce monticello.

Mi scopo con le mani finché non sento iniziare quella sensazione.

La sensazione inizia nel profondo e mi fa stringere mentre vado a venire di nuovo.

Muovo i fianchi più velocemente, i miei piedi si accartocciano con il bisogno di esplodere dentro mentre mi scopo con le dita.

Un gemito lungo, profondo e gutturale mi scappa mentre raggiungo l'orgasmo ed esplodo.

Esausto, mi sdraio sulla schiena, penso a quello che ho appena vissuto e mi ritrovo di nuovo eccitato.

Continuo a chiedermi "cos'è questo incantesimo che hai su di me"?

Nessun uomo mi ha eccitato tanto quanto te.

Ti vedo nella mia mente, l'uomo amorevole e sexy che sei.

Posso sentire le tue labbra morbide e dolci sulle mie.

Il modo in cui la tua lingua setosa delinea le mie labbra e il morbido morso dei tuoi denti.

Il modo in cui la tua lingua scivola in profondità nella mia bocca e sente quanto sono affamato di te.

Il modo in cui la tua lingua circonda la mia e il dolce scambio della tua saliva si mescola alla mia.

Posso sentire la tua bocca calda mentre si muove verso il mio orecchio e il calore della punta della tua lingua mentre si muove all'interno.

Il dolce sussurro del mio nome porta un flusso di sperma direttamente nella mia dolce figa e la tua bocca si sposta sui miei capezzoli duri ed eretti.

Lentamente, la tua lingua circonda il mio capezzolo sinistro e soffi così dolcemente.

Chiudi la bocca sulla mia durezza reattiva e io gemo.

La mia mano destra inizia a scivolare sui capezzoli e sollevo il seno sinistro verso la bocca per succhiare delicatamente il capezzolo, imitando come sarebbe la tua bocca.

Lentamente, le mie dita scivolano sulle costole verso l'addome e le dita lunghe e sottili della mia mano raggiungono il mio dolce clitoride.

Le punte sfiorano delicatamente il pulsante e il mio dito medio scivola all'interno fino alla prima nocca per sentire l'umidità che si è accumulata lì.

Faccio scorrere il dito in profondità per rilasciare il tuo sperma e raccogliere il succo del miele nel palmo della mano.

Lecco il succo dal palmo della mano, assaporando il gusto e l'odore del sesso.

Faccio scivolare il dito medio in bocca, fino alla prima nocca, immaginando che sia la testa del tuo cazzo.

Lentamente, la mia lingua gira su se stessa, assaggiando di nuovo il succo e so che è la tua sperma quella che sto assaggiando sulla mia lingua.

La mia bocca calda e bagnata scivola sul mio dito, come se fosse il tuo membro caldo e gonfio.

La mia bocca si chiude completamente e scivola fino alla punta mentre la mia bocca stretta succhia proprio la punta immaginaria del tuo cazzo setoso.

Mentre accelero il ritmo mentre inculo il mio dito in bocca, riesco quasi a sentire la tensione nelle tue palle mentre lo sperma inizia a salire.

A questo pensiero sento l'umidità scivolare via dalla mia figa e so che devo scoparmi.

Rotolo velocemente sulla pancia, le mie mani raggiungono la mia figa.

Li premo forte contro il mio monticello, i polpastrelli delle dita trovano il mio clitoride.

I miei fianchi iniziano a ruotare lentamente, in tondo e in tondo mentre i muscoli dei piedi e delle gambe iniziano a tendersi e le mie dita lavorano sulla mia dolce figa.

Ti guardo entrare da dietro e immagino il tuo cazzo, inzuppato dei miei succhi e luccicante nell'umidità mentre scivola dentro e fuori dalla mia figa.

Oh, cazzo, sono così fottutamente eccitato mentre le mie dita e i miei palmi premono forte... più forte che possono mentre raggiungo l'orgasmo.

I miei piedi e le mie gambe sono serrati, il mio corpo trema per l'intensità.

Mi giro sulla schiena immaginando il tuo dolce cazzo palpitante dentro la mia figa assetata di sperma.

I muscoli della mia figa continuano a contrarsi come se stessero succhiando via lo sperma dal tuo cazzo.

E poi sì, riesco quasi a sentire quella tua lingua calda mentre scivola su e giù per la mia fessura.

La tua bocca si chiude sulle labbra della mia figa e il movimento rapido della tua lingua mi fa venire nella tua bocca.

E tu ti alzi, ti metti a cavalcioni del mio corpo e fai scivolare il tuo cazzo inzuppato di sperma nella mia bocca.

Assaporo il gusto dei nostri succhi misti mentre succhio e lecco in modo pulito.

Crollo sul letto, il mio corpo continua a tremare e formicolare.

Che sensazione meravigliosa mi fai provare insieme a te.

FINE